VENTE
Du Vendredi 28 Octobre 1910

HOTEL DROUOT, SALLE N° 1

A 2 HEURES

EXPOSITION PUBLIQUE
Le Jeudi 27 Octobre 1910
De 2 h. à 5 h. 1/2

Meubles & Sièges

ANCIENS & MODERNES

TABLEAUX

OBJETS D'ART

ORFÈVRERIE, DENTELLES

OBJETS VARIÉS

COMMISSAIRE-PRISEUR

Me GASTON FRANÇOIS

EXPERTS

MM. PAULME et B. LASQUIN fils

CATALOGUE

DES

MEUBLES ET SIÈGES

ANCIENS & MODERNES

Commodes en Marqueterie, Bureaux, Armoire,
Fauteuils, Chaises, etc.

TABLEAUX

BRONZES D'AMEUBLEMENT

FAIENCES — PORCELAINES

ORFÈVRERIE ▪ DENTELLES

STATUETTES EN ARGENT CISELÉ, PLATS, LÉGUMIERS, SAUCIÈRES, COUVERTS, ETC.

OBJETS VARIÉS — TAPIS

DONT LA VENTE AUX ENCHÈRES PUBLIQUES AURA LIEU

HOTEL DROUOT, SALLE N° 1

Le Vendredi 28 Octobre 1910

A deux heures

COMMISSAIRE-PRISEUR	EXPERTS
M⁹ **GASTON FRANÇOIS**	**MM. PAULME & B. LASQUIN fils**
23, rue Le Peletier	10, rue Chauchat | 11, rue Grange-Batelière

PARIS

Chez lesquels se distribue le présent Catalogue

EXPOSITION PUBLIQUE

Le Jeudi 27 Octobre 1910, de 2 heures à 5 heures 1/2

CONDITIONS DE LA VENTE

———

Elle sera faite au comptant.

Les adjudicataires paieront *dix pour cent* en sus des enchères.

L'exposition mettant le public à même de se rendre compte des objets mis en vente, aucune réclamation ne sera admise une fois l'adjudication prononcée.

Paris. — Imp. de l'Art, Ch. Berger, 41, rue de la Victoire

DÉSIGNATION

TABLEAUX, ESTAMPES

BOUCHER (Genre)

1 — *Les Crêpes.*
> Toile.

COROT (Genre de)

2 — *Paysage.*
> Panneau.

ÉCOLE ANGLAISE

3 — *Portrait d'Homme avec son chien.*
> Toile.

ÉCOLE FRANÇAISE (XVIIIe siècle)

4 — *Portrait de Femme, vêtue d'un corsage blanc décolleté.*
> Toile ovale.
> Cadre ancien en bois sculpté doré

ÉCOLE FRANÇAISE

5 — *L'Enfant à l'oiseau.*
Toile.

ÉCOLE FRANÇAISE

6 — *Vénus endormie.*
Toile.

ECOLE FRANÇAISE (xviiie siècle)

7 — *Portrait de Jeune Femme.*
Toile.

ÉCOLE ITALIENNE
(DEUX PENDANTS)

8 — *Sujets guerriers.*
Toiles.
Cadres en bois sculpté.

HARLOW (D'après)

9 — *Mrs Litchfield.*
Gravure anglaise.

LAWREINCE (D'après)

10 — *Le Billet doux.*
Gravure

MALFROY

11 — *Marine.*

Panneau.

MALFROY

12 — *Vue de Venise.*

Toile.

MARTIN (Gilbert)

13 — *Nature morte : Huitres.*

Toile.

14 — Quatre gravures encadrées.

THORNLEY (W.)

15 — *Paysage.*

Aquarelle.

16 — *Peantant Family.*

Gravure anglaise.

PORCELAINES
ORFÈVRERIE, PLAQUÉ
DENTELLES, LINGE
OBJETS DIVERS

17 — Deux cache-pot en porcelaine de Chine, décor bleu, à dragons.

18 — Deux éléphants en grès de Chine décoré, servant de supports.

19 — Deux vasques en porcelaine du Japon, l'une à décor bleu, l'autre en couleurs.

20 — Deux petits miroirs-appliques porte-lumières en porcelaine décorée.

21 — Paire de vases carrés, de forme balustre, en porcelaine de Chine, décor en relief en émaux de couleurs; monture en bronze. Style Louis XV.

22 — Plateau rectangulaire, à deux poignées, en métal argenté.

23 — Deux coupes à fruits sur piédouche en argent.

24 — Deux plats ronds, style Louis XVI, en argent.

25 — Porte-asperges et pince, style Louis XVI, en argent.

26 — Ramasse-miettes et pelle, style Louis XVI, en argent.

27 — Dessous de plat en argent. Style Louis XVI.

28 — Quatre statuettes de surtout en argent, par *Emile Guillaume*, représentant les Quatre Saisons.

29 — Saucière en argent sur plateau adhérent, à deux anses. Style Louis XV.

30 — Service à thé et à café, comprenant une cafetière, une théière, un sucrier, couvert, un pot à lait en argent. Style Régence.

31 — Une verseuse en argent repoussé, ciselé, de style Louis XV, motifs cartouches, rocailles, rinceaux feuillagés, godrons.

32 — Buire en cristal ; monture argent ciselé. Style Louis XV.

33 — Légumier à deux anses, avec couvercle, en argent. Style Louis XV.

34 — Douze porte-verre à liqueur en argent,
avec verre en cristal.

35 — Louche en argent. Style Louis XV.

36 — Deux plats ronds en argent. Style Louis XV.

37 — Plateau à anse en argent, bord contourné.
Style Louis XV.

38 — Service, comprenant : Dix-huit cuillers à
soupe ; trente-six fourchettes en argent ; dix-
huit cuillers à entremets en vermeil ; dix-huit
cuillers à café ; deux cuillers à sauce ; une
cuiller à fraise ; une cuiller à sucre ; deux
cuillers à compote ; un couvert à salade ;
dix-huit fourchettes à huîtres ; douze fourchettes à escargots ; quatre pièces hors-d'œu-
vre ; service à glace, manche ivoire ; service
à poissons, manche ivoire ; fourchettes et
deux couteaux à découper, manche ivoire ;
service à glace ; pelle et couteau, manche
ivoire ; dix-huit grands couteaux, manche
ivoire ; dix-huit couteaux à dessert, lame acier,
manche ivoire ; dix-huit couteaux, lames
vernies, manche noire ; couteau à fromage

39 — Service à glace : douze cuillers et une
pelle en vermeil.

40 — Douze fourchettes à huîtres en argent.

41 — Dix-huit gobelets à liqueur en argent.

42 — Neuf salières en argent et neuf pelles à se¹.

43 — Couvert à salade en ivoire, manches argent. Style Louis XV.

44 — Coffret en écaille.

45 — Petite boîte en émail cloisonné.

46 — Petite boîte incrustée de nacre.

47 — Canne en jonc, avec pommeau en argent ciselé, représentant un dragon.

48 — Trois panneaux chinois en bois laqué rouge, ornés d'inscriptions en dorure.

49 — Recueil de gravures WEIROTTER : Paysages, etc. Reliure en veau, à filets dorés.

50 — Trois chemins de table en dentelle; broderie et filet.

51 — Deux petites taies de coussins en linon et dentelle.

52 — Douze serviettes à thé, en toile granitée ; bordure de dentelle.

53 — Six serviettes en toile brodée et ourlées à jour.

54 — Six autres analogues.

55 — Deux têtières en dentelle et filet.

56 — Quatorze dessous de plateau ou corbeille, et mouchoirs en linon et dentelle.

57 — Deux cadres à photographie, garnis de dentelles.

58 — Quatre fragments de dentelles. Genre Venise.

59 — Dessus de table en toile brodée, entre-deux de dentelle.

60 — Une paire de draps en toile, garnis de Valenciennes.

61 — Deux paires de taies d'oreillers, deux garnitures de traversins.

62 — Une nappe en toile granitée, cadre en dentelles au centre.

63 — Dessus de lit en dentelle appliquée sur tulle et doublé de satin.

64 — Dessus de piano à queue en dentelle et
filet.

65 — Dessus de table rectangulaire en dentelle
et filet.

66 — Quatre tapis rectangulaires ou carrés en
batiste, garnis de dentelles de Flandres,
Milan et autres.

67 — Six nappes, douze grandes serviettes,
douze serviettes à thé en toile granitée à
jour.

68 — Douze serviettes de toilette à entre-deux
et carrés en Venise.

69 — Trois grandes nappes richement brodées
ou garnies de dentelle.

70 — Deux taies de coussins.

71 — Tapis rectangulaire en soie damassée,
richement brodée à rinceaux et fleurs.

72 — Dessus de lit en satin brodé, à semi et à
rinceaux de fleurs.

BRONZES
D'ART ET D'AMEUBLEMENT
SCULPTURE

73 — Colonne-support en marbre.

74 — Vase en marbre mouluré, à deux anses en bronze, tête de Méduse, gaine-support, fût de colonne en bois peint.

75 — Buste de femme en terre cuite, dans le goût du xviiie siècle.

76 — Statuette en bronze, par MATH. MOREAU : Sapho. Socle en marbre.

77 — Grand brûle-parfum en bronze, surmonté d'une chimère.

78 — Vase couvert en bronze. Style chinois.

79 — Candélabre à trois lumières, portées par un groupe de deux amours en bronze doré et marbre blanc, avec tige porte-abat-jour. Disposé pour la lumière électrique.

80 — Lanterne, de style oriental, en métal blanc et verres de couleurs.

81 — Lustre en bronze doré; garniture de cristaux.

82 — Suspension en métal nickelé, avec sa lampe. Transformée au gaz.

MEUBLES, SIÈGES

83 — Commode de forme contournée, ouvrant à deux portes, avec tiroirs intérieurs, en marqueterie de bois de placage, ornée de bronzes ; dessus de marbre. Style Louis XV.

84 — Bureau à cylindre en marqueterie de bois de couleurs, à damiers. Style Louis XV.

85 — Grande glace Louis XV en bois sculpté doré, à ramages et branches de roses.

86 — Commode à trois tiroirs en bois de placage, garnie de bronzes, pieds à griffes.

87 — Table-bureau en marqueterie, style hollandais, à fleurs et oiseaux.

88 — Petit paravent à quatre feuilles en satin brodé.

89 — Petite table à ouvrage, ouvrant à trois tiroirs, en acajou ; dessus de marbre à galerie.
Époque Louis XVI.

90 — Meuble d'entre-deux en marqueterie à damiers en bois de couleur ; dessus de marbre
blanc veiné, garni de bronzes. Style
Louis XVI.

91 — Table à jeux en acajou Louis XVI ; dessus
à damier.

92 — Guéridon en acajou, style Louis XVI,
orné de bronzes, avec galerie de cuivre ;
dessus de marbre blanc, pieds griffes en
bronze.

93 — Commode galbée en marqueterie, de style
Louis XV, à deux tiroirs, ornée de bronzes.

94 — Armoire ouvrant à deux portes en bois de
placage, frises et chutes en bronze ; dessus
de marbre. Style Louis XVI.

95 — Petite table ovale à pieds cannelés, à ta-
blette d'entrejambe, en bois de rose ; dessus
de marbre blanc.

96 — Armoire ancienne à deux portes en bois
sculpté.

97 — Petit bureau rectangulaire en acajou, baguettes de cuivre. Style Louis XVI.

98 — Deux petits fauteuils d'enfant en bois sculpté peint. Style Louis XVI. Garniture de soie brochée.

99 — Deux décors de baies en bois sculpté peint blanc. Style Louis XVI.

100 — Console d'applique en bois sculpté doré, à galerie ajourée ; dessus de marbre.

101 — Horloge en bois, étoffe et bronzes. Style hollandais.

102 — Bas de buffet en bois sculpté, ouvrant à deux tiroirs et deux portes.

103 — Secrétaire en bois de placage, à filets jaunes ; dessus de marbre.

104 — Bureau avec étagère en palissandre. Style moderne.

105 — Trumeau de cheminée, avec glace, en bois sculpté à motifs d'attributs.

106 — Paravent à trois feuilles en bois doré, garniture de soie brochée, partie supérieure en glace.

107 — Support en bois noirci, à trois pieds têtes d'éléphants.

108 — Deux petits tabourets en bois doré, style Louis XVI, garnis en soie et velours.

109 — Fauteuil Louis XV en bois sculpté doré, recouvert en soie brochée.

110 — Autre fauteuil Louis XV en bois sculpté doré, recouvert en velours.

111 — Fauteuil en bois sculpté mouluré, époque Louis XV, recouvert en soie brochée.

112 — Deux chaises-fumeuse en bois sculpté, recouvertes de soie bleue. Style Louis XVI.

113 — Fauteuil en bois sculpté, à pieds gaine et croisillons, couvert en velours ciselé.

114 — Autre fauteuil analogue; garniture de tapisserie au point.

TAPIS

115 — Tapis genre Smyrne.

116 — Tapis genre Smyrne, fond rouge.

117 — Objets omis.